in TIME 09

嬰兒革命

作者｜淺井健一　繪者｜奈良美智　譯者｜王筱玲
副總編輯｜蔡依如　責任編輯｜吳僑紜　美術主編｜藍秀婷　封面內頁設計｜藍秀婷
行銷統籌｜杜雅婷　版權經理｜劉契妙

發行人｜張輝明　總編輯｜曾雅青　發行所｜三采文化股份有限公司
地址｜台北市內湖區瑞光路 513 巷 33 號 8 樓
傳訊｜TEL:8797-1234　FAX:8797-1688　網址｜www.suncolor.com.tw
郵政劃撥｜帳號：14319060　戶名：三采文化股份有限公司
本版發行｜2021 年 4 月 23 日　定價｜NT$480

Baby Revolution by Kenichi Asai/ Yoshitomo Nara

Original Japanese edition published by Crayonhouse Co., Ltd., Tokyo
Traditional Chinese translation rights arranged with Crayonhouse Co., Ltd.
through Sun Color Co., Ltd.

嬰兒革命

BABY REVOLUTION

淺井健一／文

奈良美智／圖

王筱玲／譯

suncolor 三采文化

藍色天空下
三萬名的嬰兒爬行
以出生時赤裸裸模樣的
三萬名嬰兒

越過原野
越過山嶺
越過河谷
三萬名的
嬰兒
其中一半
吸著奶嘴的
嬰兒

愛與和平的
信使

突然發生的事件
大人們都嚇一跳
三萬名的嬰兒
成為廣播和電視的頭條新聞

新聞媒體驚慌失措
世界上的嬰兒們
突然聚在一起爬行

NEWS
All-Out
12million
People could
Nuclear

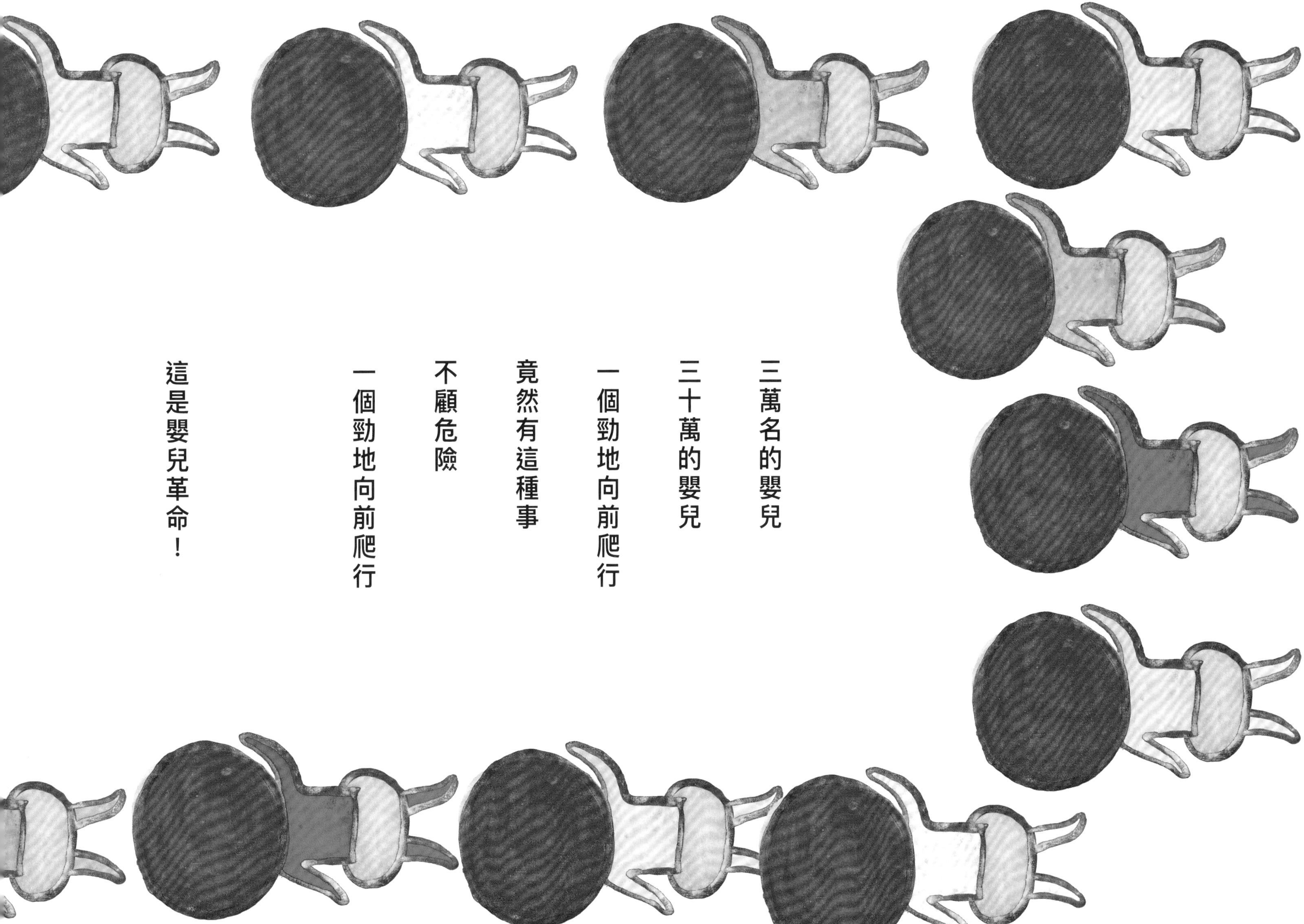

三萬名的嬰兒
三十萬的嬰兒
一個勁地向前爬行
竟然有這種事
不顧危險
一個勁地向前爬行
這是嬰兒革命！

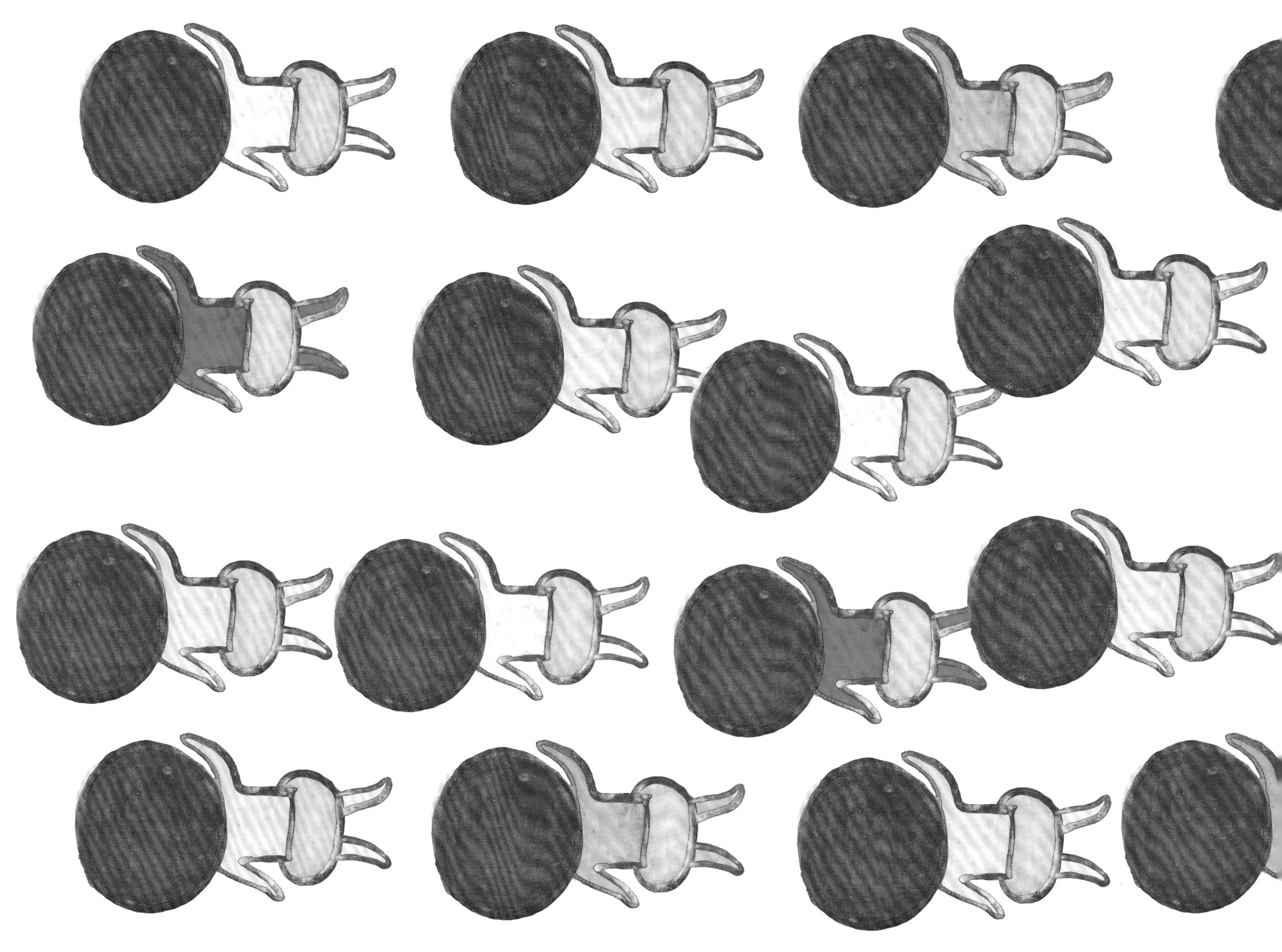

藍色天空下

三十萬的嬰兒爬行

其中也有開始哭泣的小傢伙

三十萬的嬰兒

在大樓之間　在海上

什麼也不想地爬行

在叢林深處　在冰河

生氣勃勃地爬行

世界上的嬰兒們

愛與和平的信使

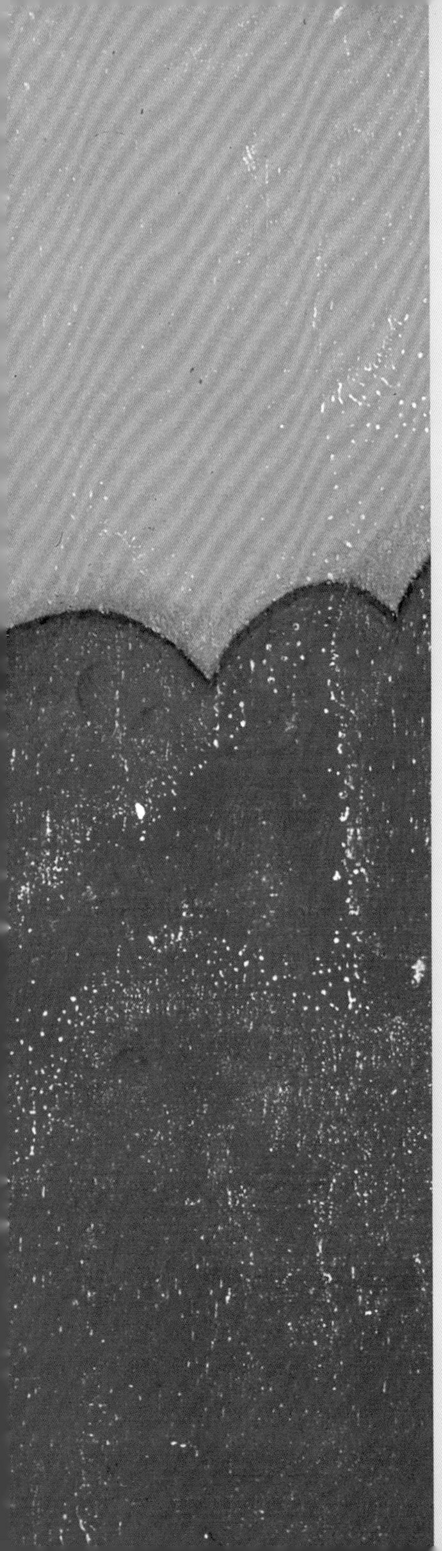

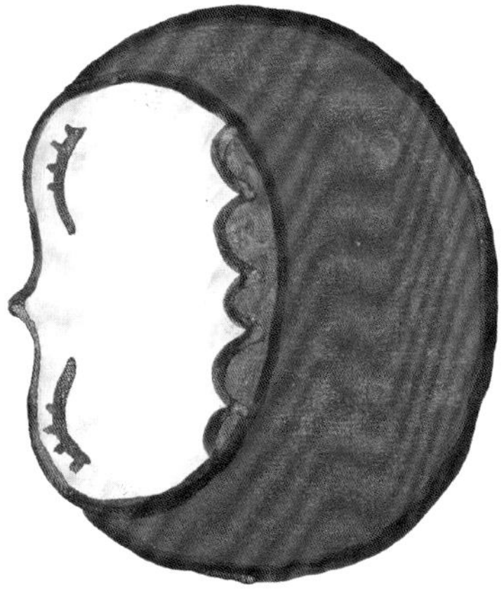
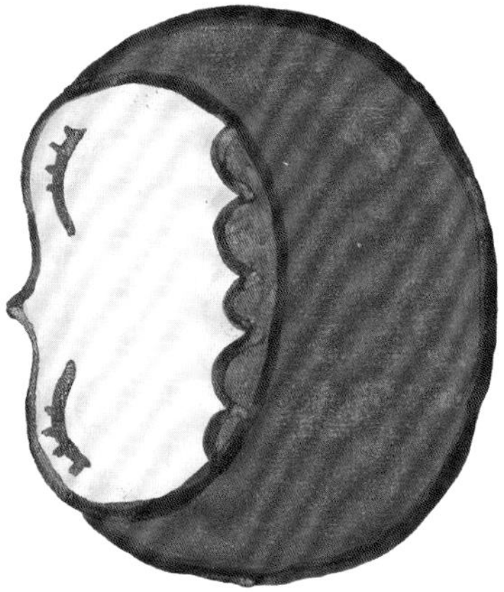

三十萬的嬰兒
三百萬的嬰兒
一個勁地向前爬行
大家看到他們的樣子
會察覺到什麼呢
直升機現場轉播

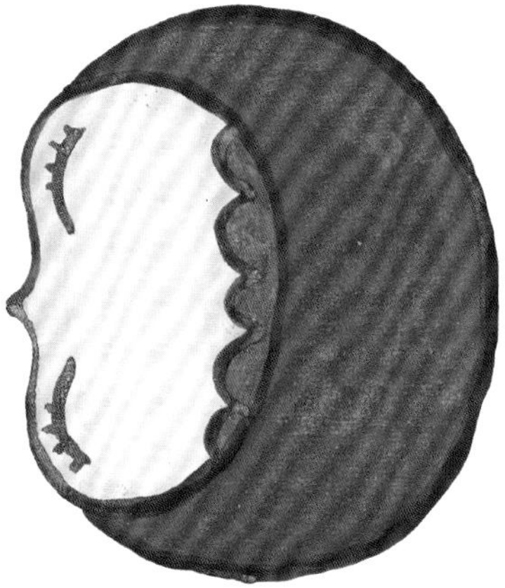
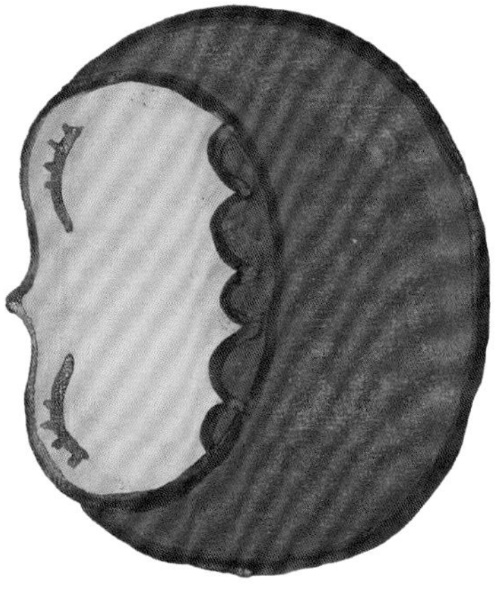
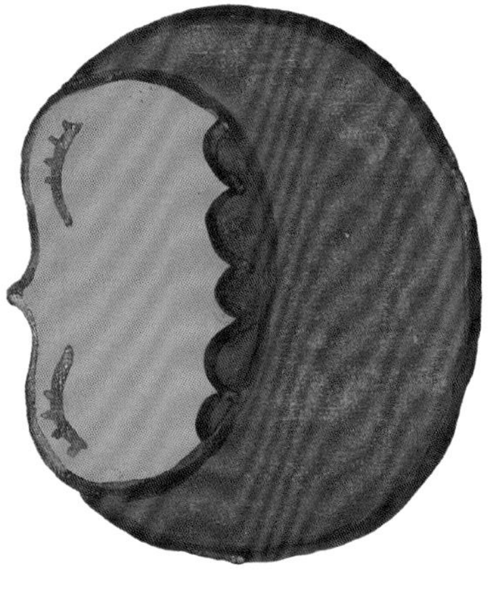
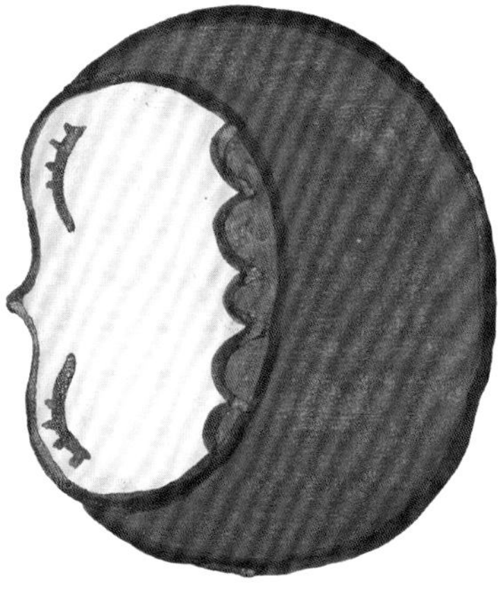

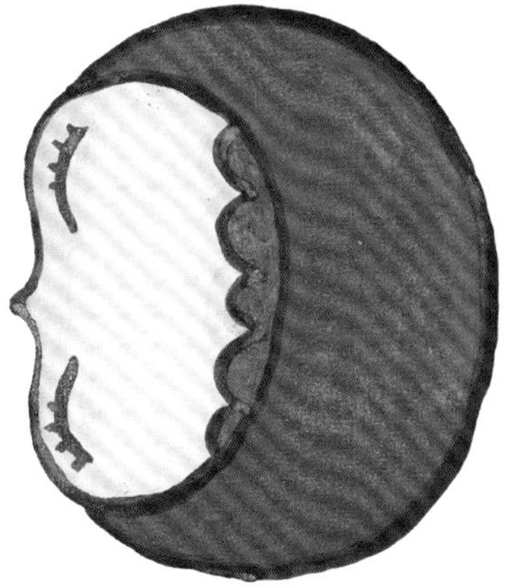

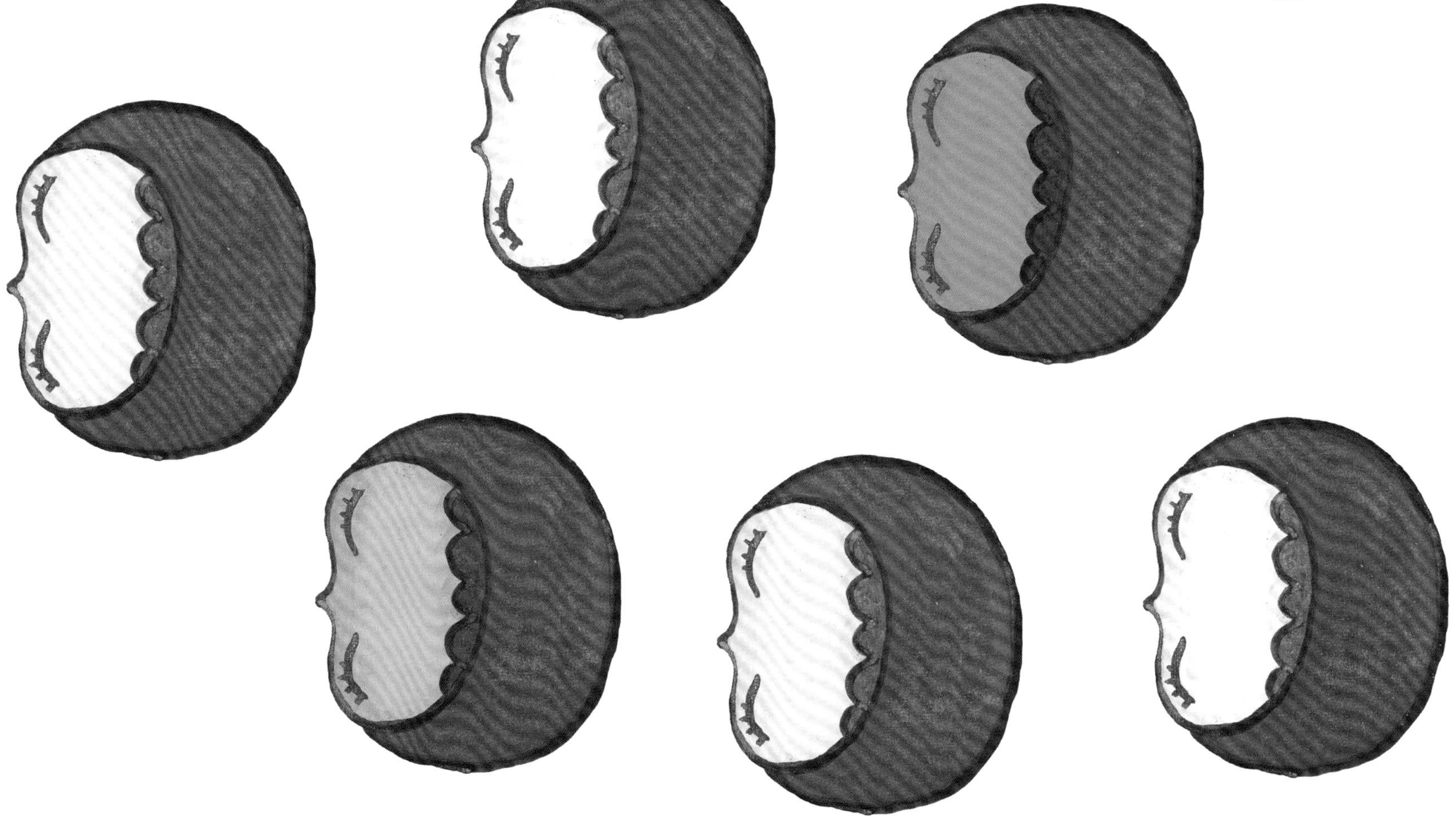

這是嬰兒革命！

藍色天空下
三千萬的嬰兒爬行
宗教　條約　法律
不知道那是什麼
不遠就是戰爭地帶
毫不在意地前進

AGENT ORANGE

士兵和戰車和飛彈
大家都失去動力了喔

三億名的嬰兒
消除大家的仇恨
消除大家的爭執

三十億的嬰兒
一個勁地向前爬行
不顧危險

大家看到他們的樣子
一定會改變心意吧
大家會清醒過來吧

我們做了什麼啊
丟下炸彈的我們
製造悲傷的我們

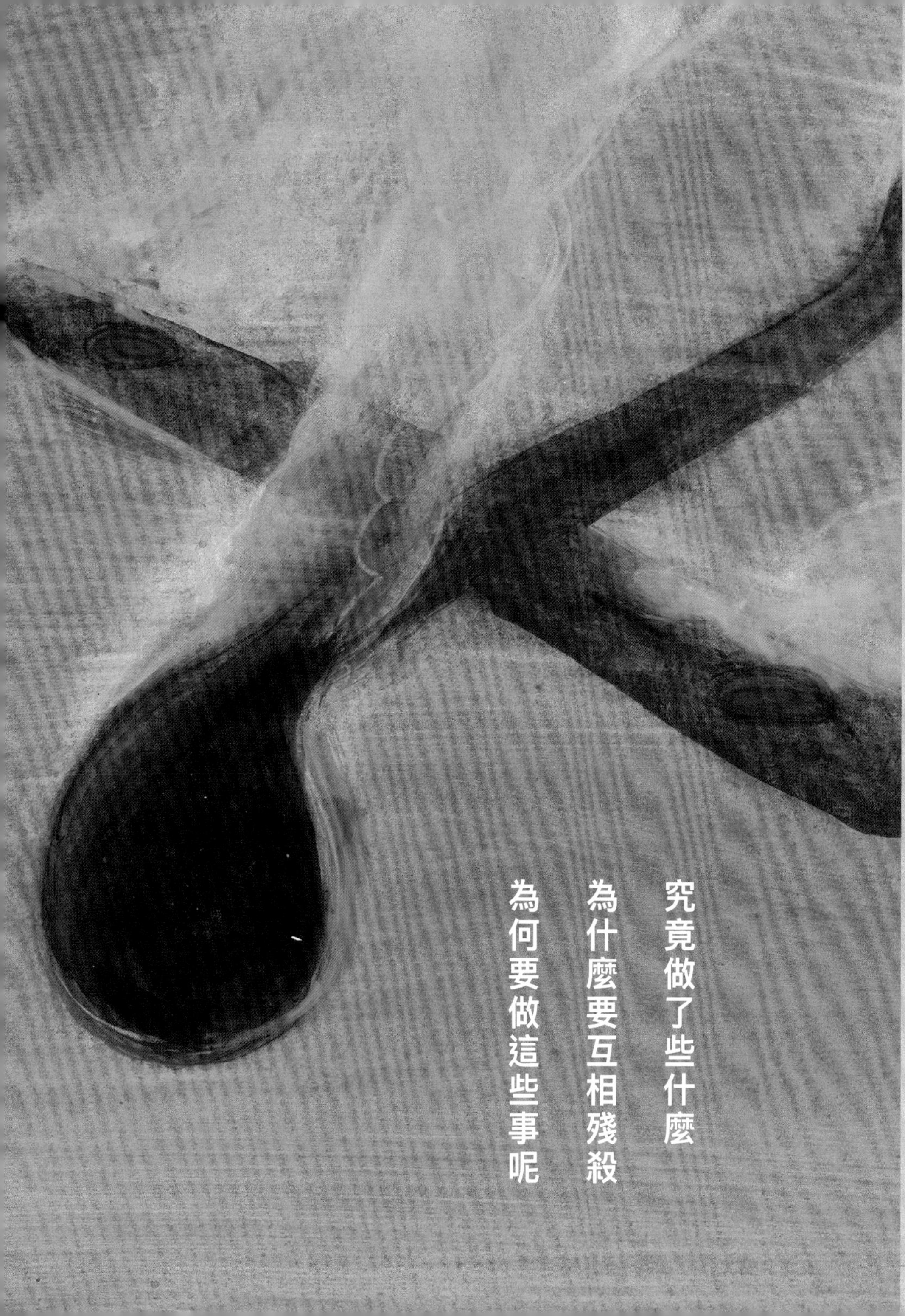

究竟做了些什麼
為什麼要互相殘殺
為何要做這些事呢

三十億的嬰兒
一個勁地向前爬行
消除大家的仇恨

這是嬰兒革命！

就算只有一名嬰兒

Baby Revolution 浅井健一 / 詞

青い空の下をはう　3 万人の Baby が
裸の生まれたそのまま　3 万人の Baby が
野を越え山越え谷を越え　3 万人の Baby が
そのうち半分チュッパを 吸ってる人の Baby が
平和と愛のメッセンジャー　突然起こった出来事
大人達はみんなびっくり　3 万人の Baby に
ラジオもテレビもトップニュース　報道機関は大パニック
世界中の Baby 達　突然集まりはいだす
3 万人の Baby が　30 万の Baby が ひたすらはいはいして行く
なんという出来事なんだ　危険も省みないで
ひたすらはいはいして行く　Baby Revolution
青い空の下をはう　30 万の Baby が
中には泣きだすやつもいる　30 万の Baby が
ビルの谷間も海の上も何にも思わずはってく
ジャングル奥地も氷河も　元気にはいはいして行く
世界中の Baby 達　平和と愛のメッセンジャー
30 万の Baby が　300 万の Baby が ひたすらはいはいして行く
みんなはその姿を見て　何かを気づかされるのさ
ヘリコプターが中継　Baby Revolution

青い空の下をはう　3 千万の Baby が
宗教　条約　法律　何のことだかわからない
まもなく戦争地帯だ　おかまいなしに進んでく
兵士も戦車もミサイルも　みんな拍子抜けしてるよ
3 億人の Baby が　みんなの憎しみ消してく
みんなの争い消してく
30 億の Baby が　ひたすらはいはいして行く
危険も省みないで　みんなはその姿を見て
きっと心変わるだろう　みんな我に返るだろう
僕達何やってるのか　爆弾落として僕達
悲しみつくって僕達　いったい何やってるのか
何のために殺し合うの　何でこんなことしてるの
30 億の Baby が　ひたすらはいはいして行く
みんなの憎しみ消してく　Baby Revolution
たったひとりの Baby が

嬰兒革命 淺井健一 / 詞

藍色天空下　三萬名的嬰兒爬行
以出生時赤裸裸模樣的　三萬名嬰兒
越過原野越過山嶺越過河谷　三萬名的嬰兒
其中一半吸著奶嘴的嬰兒
愛與和平的信使　突然發生的事件
大人們都嚇一跳　三萬名的嬰兒
成為廣播和電視的頭條新聞　新聞媒體驚慌失措
世界上的嬰兒們　突然聚在一起爬行
三萬名的嬰兒　三十萬的嬰兒　一個勁地向前爬行
竟然有這種事　不顧危險
一個勁地向前爬行　這是嬰兒革命
藍色天空下　三十萬的嬰兒爬行
其中也有開始哭泣的小傢伙　三十萬的嬰兒
在大樓之間在海上　什麼也不想地爬行
在叢林深處在冰河　生氣勃勃地爬行
世界上的嬰兒們　愛與和平的信使
三十萬的嬰兒　三百萬的嬰兒　一個勁地向前爬行
大家看到他們的樣子　會察覺到什麼呢
直升機現場轉播　這是嬰兒革命

藍色天空下　三千萬的嬰兒爬行
宗教　條約　法律　不知道那是什麼
不遠就是戰爭地帶　毫不在意地前進
士兵和戰車和飛彈　大家都失去動力了喔
三億名的嬰兒　消除大家的仇恨
消除大家的爭執
三十億的嬰兒　一個勁地向前爬行
不顧危險　大家看到他們的樣子
一定會改變心意吧　大家會清醒過來吧
我們做了什麼啊　丟下炸彈的我們
製造悲傷的我們　究竟做了些什麼
為什麼要互相殘殺　為何要做這些事呢
三十億的嬰兒　一個勁地向前爬行
消除大家的仇恨　這是嬰兒革命
就算只有一名嬰兒